A ILÍADA
E
A ODISSEIA

Título original: *The Iliad and The Odyssey*
Título da edição brasileira: *A Ilíada e a Odisseia*

Publicado mediante acordo firmado com Walker Books Limited, London, SE11 5HJ

Edição brasileira
Diretor editorial — Fernando Paixão
Coordenadora editorial — Gabriela Dias
Editor assistente — Leandro Sarmatz
Preparador — Renato Potenza
Coordenadora de revisão — Ivany Picasso Batista
Revisora — Camila Zanon

ARTE
Editor assistente — Antonio Paulos
Editoração eletrônica — Estúdio O.L.M. e Eduardo Rodrigues

CIP-BRASIL. CATALOGAÇÃO NA FONTE
SINDICATO NACIONAL DOS EDITORES DE LIVROS, RJ

Williams, Marcia, 1945-
A Ilíada e A Odisseia / adaptado e ilustrado por Marcia Williams ; tradução de Luciano Vieira Machado. - São Paulo : Ática, 2004
il. - (Clássicos em Quadrinhos)

Adaptação de: Ilíada e Odisseia / Homero
ISBN 978-85-08-09474

1. Homero - Adaptações - Histórias em quadrinhos. 2. Homero - Adaptações - Literatura infantojuvenil. I. Homero. Ilíada. II. Homero. Odisseia. III. Machado, Luciano Vieira. IV. Título. V. Título: Odisseia. VI. Série.

04-2418 CDD 741.5 / CDU 741.5

ISBN 978 85 08 09474-5 (aluno)
ISBN 978 85 08 09475-2 (professor)
Centro de lucro CL 731357
CAE: 224063

2022
1ª edição
16ª impressão
Impressão e acabamento: A.R. Fernandez

Avenida das Nações Unidas, 7221 – CEP 05425-902 – São Paulo, SP
Atendimento ao cliente: 4003-3061 – atendimento@atica.com.br
www.atica.com.br

CLÁSSICOS EM QUADRINHOS

A ILÍADA
E
A ODISSEIA

APRESENTADO E ILUSTRADO POR

MARCIA WILLIAMS

TRADUÇÃO

LUCIANO VIEIRA MACHADO

editora ática

A MAÇÃ DE OURO

PASSE-ME A AMBROSIA, ZEUS, MEU AMOR.
UM INSTANTINHO, HERA. ESTOU CUIDANDO DA HUMANIDADE.
OPS!
AH!
OH!
MONTE OLIMPO

Na Grécia Antiga, deuses e deusas viviam no Monte Olimpo. Eles observavam os seres humanos e muitas vezes interferiam em suas vidas.

MEU AMOR POR TI É PROFUNDO COMO O OCEANO, Ó DEUSA.
E O MEU POR TI, Ó MORTAL, É RASO FEITO UMA COVA.

Mas quando o velho rei Peleu apaixonou-se por Tétis, a deusa do mar, ela se sentiu ofendida ao ser cortejada por um reles mortal.

VENHA PARA O SEU PELEU, QUERIDINHA.

Para evitar Peleu, Tétis transformava-se em várias criaturas estranhas. Mas Peleu era teimoso, e por fim Tétis aceitou casar-se com ele.

RAIOS! QUE FESTANÇA!
ELE É MEU.
PARENTE DA NOIVA?

O casamento foi esplêndido. Todos os deuses e deusas foram convidados, exceto Éris, deusa da discórdia, porque um casamento tem de ser alegre.

À MAIS BELA
TOMEM ISTO, DESGRAÇADOS!

Furiosa com o insulto, Éris foi à festa e jogou no meio dos convidados seu presente de casamento: uma maçã de ouro onde se lia À MAIS BELA.

MINHA!
À MAIS BELA
NÃO, MINHA!

Cada uma das três maiores deusas — Hera, Atena e Afrodite — queria a maçã para si.

DESCULPEM, NÃO PODEMOS DEIXAR NOSSAS BIGAS ESPERANDO!

Os outros convidados não quiseram tomar partido: temiam a fúria das duas deusas preteridas.

RECONHEÇAM, GAROTAS, SOU DIVINA.
À MAIS BELA
SOMOS TODAS DIVINAS, ESTÚPIDA.
PODE SER, MAS SOU DIVINAMENTE DIVINA!

Então as três deusas voltaram ao Monte Olimpo, onde continuaram a brigar pela maçã.

O JULGAMENTO DE PÁRIS

CONVÉM FAZER ISSO, MINHA DEUSA?
ESTOU TORNANDO-O INVULNERÁVEL, MORTAL BOBO.
O CALCANHAR NÃO MOLHOU.

Peleu e Tétis tiveram um filho e lhe deram o nome de Aquiles. Tétis mergulhou-o no rio Estige, para torná-lo invulnerável.

ELE PARECE INOCENTE DEMAIS PARA UM PIROMANÍACO.

Em Troia, o rei Príamo e a rainha Hécuba tiveram seu filho Páris, mas o abandonaram porque, segundo a profecia, ele incendiaria Troia.

FAZ TEMPO QUE LHE EXPLIQUEI DE ONDE VÊM OS BEBÊS, PÁRIS.
VOCÊ DISSE QUE ELES APARECEM EM LOCAIS ERMOS, DENTRO DE POTES.

Quis o destino que Páris fosse encontrado e criado por um pastor, tornando-se um belo rapaz.

Durante todo esse tempo, as três deusas vaidosas — Hera, Atena e Afrodite — continuaram disputando a maçã de ouro.

OLHEM, ELE NÃO NOS RECONHECERÁ NEM SENTIRÁ MEDO. PODERÁ JULGAR NOSSA PELEJA.

Certo dia, ao verem Páris, pediram-lhe que servisse de juiz.

PEGUE!

Páris pastoreava suas ovelhas quando elas apareceram diante dele, jogaram-lhe a maçã e pediram que a desse à mais bela.

PENSE BEM, QUERIDO, VOCÊ SEMPRE SABERÁ A DECISÃO CORRETA.

Atena tentou suborná--lo prometendo-lhe infinita sabedoria.

COM DINHEIRO VOCÊ RESOLVE QUALQUER PROBLEMA!

Hera ofereceu-lhe grande riqueza e poder.

NÃO TÃO BELA COMO EU, CLARO, MAS MORTALMENTE BELA.
HUM! SIM, POR FAVOR!
À MAIS BELA

Afrodite lhe prometeu a mulher mais encantadora da terra.

A COISA NÃO VAI FICAR ASSIM!
É ISSO MESMO!

Para a fúria de Atena e de Hera, Páris deu a maçã de ouro a Afrodite.

NÃO LIGUE PARA ELAS, QUERIDO. ESTÃO COM UM POUCO DE CIÚME.

Afrodite, encantada, garantiu a Páris que cumpriria a promessa.

MENELAU TORNA-SE REI DE ESPARTA

ENTÃO SOU UM PRÍNCIPE, NÃO UM PASTOR.
MEU MENINO! NUNCA VI UM TOPETE ASSIM.
DEPRESSA! TRAGAM O VITELO GORDO: PÁRIS VOLTOU PARA CASA.

DIABO, ELE TERÁ DE COMER SALADA. NÃO ACENDO O FOGO COM ELE PERTO.

Afrodite levou Páris de volta a Troia, onde seus pais, o rei Príamo e a rainha Hécuba, o reconheceram. De tão alegres, esqueceram a profecia de que Páris incendiaria Troia e o receberam de braços abertos.

SE VOCÊ FOSSE FEIA, EU NÃO TERIA PROBLEMAS PARA ESCOLHER SEU MARIDO.
SINTO MUITO, PAPAI.

Enquanto isso, em Esparta, o rei Tíndaro tentava escolher um marido para sua filha Helena.

FLORES PARA NOSSA QUERIDA.
FLORES HOJE, AMANHÃ ESPADAS.

Os reis mais poderosos da Grécia foram à sua corte, porque Helena era muito bonita.

TENHO CABEÇA E FORÇA, MAS NÃO TENHO GRANDES TERRAS.
TAMBÉM ACHO.

Ulisses, rei de Ítaca, não tinha muita chance, porque seu reino era minúsculo.

POR QUE NÃO A DEIXA ESCOLHER O MARIDO?
QUE IDEIA ORIGINAL, ULISSES.
ACHO QUE POSSO FAZER ISSO, PAI.

Vendo Tíndaro hesitar na escolha por temer a raiva dos preteridos, Ulisses sugeriu que a própria Helena escolhesse.

ELE NÃO É NENHUM GAROTO, PAI, MAS GOSTO DELE!
UMA VEZ QUE ELE É NOBRE, FILHA...
JURAMOS DEFENDER SEU CASAMENTO ATÉ A MORTE.

Primeiro, cada pretendente teve de jurar defender o casamento até a morte. Todos concordaram e Helena escolheu Menelau, um homem velho mas honesto.

MINHA RAINHA DE ÍTACA, VAMOS PARA CASA.
ELA NÃO É DE SE JOGAR FORA.

Por sua sabedoria, Ulisses recebeu a mão de Penélope, prima de Helena. Eles voltaram a Ítaca e deram início a um amor terno.

HELENA, VOCÊ É A MELHOR ESPOSA DO MUNDO.
MEU DOCE MENELAU, SUA COROA ESTÁ CAINDO.

Quando Tíndaro morreu, Menelau e Helena governaram Esparta. Helena teve uma filha, e eles viviam contentes.

PÁRIS CONQUISTA HELENA

VOCÊ DEVE PARTIR. SEU PAI LHE EMPRESTA UM NAVIO.
VOCÊ NÃO TEVE A MENOR PRESSA!

Em Troia, Páris estava impaciente. Três anos depois do casamento de Helena com Menelau, Afrodite resolveu cumprir a promessa.

MAS TENHO AGORA: CAI FORA, GAROTO MIMADO.
ADORARIA LEVÁ-LO DE BARCO, MAS SE PREFERE VOAR...

Afrodite não encontrou nenhuma mortal tão bela quanto Helena, por isso mandou Páris a Esparta, atravessando o mar Egeu.

BEM, MEU RAPAZ, A QUE DEVEMOS A HONRA?
EU SÓ ESTAVA PASSANDO POR AQUI.

O rei Menelau recebeu Páris, tratando-o como convidado de honra.

REPITA COMIGO: SEM VOCÊ, MINHA VIDA NADA É, BELA HELENA, MEU CORAÇÃO BATE COMO REMOS QUE MARTELAM A MARÉ ETC. ETC. ETC.
SEM VOCÊ, MINHA VIDA NADA É...
VOCÊ DIZ COISAS TÃO AMÁVEIS.

Mas Páris apaixonou-se por Helena e, com a ajuda de Afrodite, conquistou seu coração.

VOCÊ NÃO SE ARREPENDERÁ, HELENA.

Certo dia, quando Menelau estava caçando, o casal traidor partiu para Troia.

VÁ E DIGA AO MEU IRMÃO QUE PERDI A MULHER, E MINHA FILHA A MÃE.

O pobre Menelau mandou avisar ao seu poderoso irmão Agamenon, o rei dos reis da Grécia.

UM, DOIS, TRÊS: VÃO!

Agamenon enviou mensageiros aos ex-pretendentes de Helena que haviam jurado defender o casamento.

DÁ ORGULHO SER GREGO!

Os ex-pretendentes reuniram seus soldados e prepararam-se para lutar. Vieram navios negros de todas as partes da Grécia, prontos para seguir Agamenon a Troia e defender a honra do rei Menelau.

ULISSES FINGE ESTAR LOUCO

EU ENLOUQUECERIA SE DEIXASSE VOCÊS.
GUGU
UM PASSARINHO ME CONTOU QUE TERÁ DE DEIXÁ-LOS.

Dois reis não se integraram às tropas: O primeiro foi Ulisses, que não queria se separar de Penélope e de seu filho Telêmaco.

PUXE, TOTÓ, ASSIM!
PARECE QUE O TERRENO DELE É MEIO PEQUENO!

Quando os mensageiros chegaram para convocá-lo, o esperto rei de Ítaca fingiu estar louco, incapaz de lutar.

ESTOU ARANDO A TERRA E...

Ele arreou os bois e começou a arar a terra às tontas.

VAMOS SEMEAR UM BOM SAL NA TERRA.

Depois, em vez de plantar sementes, Ulisses plantou cristais de sal.

Mas os mensageiros não se deixaram enganar: quando eles puseram seu filho num sulco...

SEU PAI SE DEIXOU PEGAR POR RELES MENSAGEIROS.

... Ulisses não passou o arado por cima dele, como um louco faria, e sim desviou os bois.

ATENÇÃO! PAREM DE ENROLAR, VAGABUNDOS, E PREPAREM-SE PARA A LUTA. JÁ!

Uma vez descoberto, Ulisses conformou-se e preparou seus navios e guerreiros.

VOCÊ NÃO É O ÚNICO A ENROLAR!
NÃO ME CHAME DE ENROLADOR. EU ESTAVA COM FEBRE!
GU-GU

O rei Peleu foi o segundo a não cumprir a promessa de defender o casamento.

NUNCA MAIS VOU TER CORAGEM DE APARECER EM PÚBLICO.
BEM, ACHO QUE VÃO FICAR FELIZES DE NÃO VER SUA CARA ENRUGADA.

Velho demais para lutar, Peleu queria mandar Aquiles, seu filho, em seu lugar, mas Tétis, sua mulher, o escondera.

PONHA ESSAS LARANJAS NO PEITO, QUERIDO.
ELAS NÃO SÃO MEU NÚMERO. EU QUERIA PELO MENOS MELÕES!

Tendo previsto a morte de Aquiles em Troia, Tétis vestira o filho de mulher e mandara-o para a ilha de Siro.

AQUILES TIRA O DISFARCE

VOU ACHAR AQUELE COVARDE.
BEM, UM COVARDE ACHA OUTRO.

Jurando desentocar Aquiles, Ulisses foi buscá-lo na ilha de Siro.

ESTOU VENDENDO TESOUROS!

Após descobrir que Aquiles estava escondido no palácio, Ulisses se disfarçou de mercador.

SE O REI DIZ CINCO MINUTOS, SÃO CINCO MINUTOS, SACOU?
SAQUEI!

Ulisses conseguiu permissão para mostrar as mercadorias na casa real.

NÃO GOSTOU DE NADA?
OH!
AH!

As princesas ficaram encantadas com suas sedas e joias.

OLHA QUE BELEZA.
ARGH!
SAI FORA!

Mas quando Ulisses mostrou uma espada, só uma mão se apressou em pegá-la.

ADEUS, MELÕES!

A "bela jovem" segurou a espada com firmeza de um espadachim. Assim Aquiles se traiu.

COMO SE SENTE AO SER HOMEM DE NOVO?
ENJOADO!

Depois de tirar o disfarce, Aquiles descobriu que preferia uma vida curta a uma velhice indigna. Então, com cinquenta barcos de seu pai, Aquiles — junto com Ulisses — juntou-se à armada que partia para Troia.

AGAMENON ENFURECE APOLO

A CULPA É SUA, PÁRIS.

Os exércitos gregos chegaram à costa e acamparam perto de Troia.

Eles sitiaram Troia por nove longos anos. Gregos e troianos eram grandes guerreiros, e nenhum dos lados conseguia vencer.

MEU GENERAL GREGO TOMA SEU REI TROIANO.
MEU CAVALEIRO TROIANO TOMA QUATRO SOLDADOS GREGOS.
DEUS TODO-PODEROSO, VEJA O QUE AGAMENON FEZ. ELE VAI PAGAR POR ISSO!

Os deuses do Monte Olimpo entraram na batalha. Hera e Atena tramaram contra os troianos porque Páris, príncipe de Troia, dera a Afrodite a maçã de ouro. Afrodite usou seus poderes para ajudar os troianos a derrotar os gregos. E, para piorar as coisas, o grande rei grego, Agamenon, enfureceu o deus Apolo.

DEPRESSA! NÃO VÊ QUE ESTOU COM FOME?
NUNCA SIRVA A UM REI GULOSO.

Expedições saqueavam a costa para alimentar o poderoso exército de Agamenon.

COZINHEIRA, VOCÊ SERÁ MUITO ÚTIL...

Numa das expedições, Criseida, filha de um sacerdote de Apolo, foi raptada e escravizada.

ELA É MINHA.
VOCÊ TERÁ NOTÍCIAS DE APOLO!

O pai de Criseida tentou comprá-la, mas foi rudemente repelido por Agamenon.

POSSO MATÁ-LOS OU CURÁ-LOS!

O sacerdote voltou para casa sem a querida filha. Apolo, deus da cura e da morte súbita, ficou furioso e mandou a peste para o acampamento dos gregos, que começaram a morrer um após o outro.

AQUILES ABANDONA A LUTA

MENSAGEM DO PAI DE CRISEIDA.
DEVOLVA-A OU A PESTE VAI PEGAR VOCÊ.
NÃO ENCHE.

O sacerdote disse a Agamenon que a peste só acabaria se ele devolvesse Criseida.

PODE LEVAR.

De má vontade, Agamenon mandou Ulisses levar a jovem ao pai.

ULI, QUEM TEM A MELHOR ESCRAVA AGORA?
NÃO SEI, NONON.

Então, como era o rei mais poderoso da Grécia, ele pediu outra escrava.

VOCÊ SERVE. DEVE SABER COZINHAR.
ESSA TEM DONO.

Agamenon tomou de Aquiles uma bela escrava, sua Briseida, que ele adorava.

TUDO BEM. VAMOS, HOMENS, NÃO LUTAREMOS MAIS.

Aquiles, o mais temido soldado, ficou tão furioso que partiu com suas tropas.

VEJA COMO ELE SOFRE. CASTIGUE AGAMENON, ZEUS.

Vendo seu filho sofrer, Tétis pediu a Zeus que virasse a guerra contra Agamenon.

COM QUANTOS CADÁVERES SE FAZ UMA VITÓRIA?
É UMA CHARADA?

Então, pela força de Zeus, Rei dos Deuses, os gregos começaram a perder a guerra. Os troianos pareciam prestes a vencer.

PRECISAMOS DE VOCÊ, AQUILES.
SÓ VOLTO SE ME DEREM BRISEIDA.

Os gregos precisavam da força de Aquiles para vencer o exército troiano, mas ele continuava furioso e cismado em sua tenda.

PUXA! PÁRIS AINDA AMA VOCÊ!
SERÁ QUE ISSO JUSTIFICA TANTAS MORTES?

Das muralhas de Troia, a bela Helena olhava a planície ensanguentada e lamentava o dia em que deixou o rei Menelau.

O ESCUDO DE AQUILES

Com a bravura de Zeus no coração, os troianos lutavam ainda mais ferozmente. Conquistavam a cada dia uma nova vitória, obrigando os gregos, que já sentiam o gosto amargo da derrota, a recuar para seus navios.

RECUSO-ME A AJUDAR ESSE ARREMEDO DE REI.
EU VOU POR VOCÊ.
VÁ, SENÃO MORREREMOS.

De sua tenda, Aquiles ouvia o fragor das espadas, mas insistia em não ajudar. Então Pátroclo, seu irmão de armas, pediu-lhe que o deixasse comandar os soldados na batalha usando o escudo de Aquiles, que encheria os troianos de pavor.

NÃO FIQUEI BEM COM SEU ESCUDO?
É FRIA, AQUILES.
NÃO, MAS JÁ QUE VOCÊ VAI, LEVE MEU CORCEL IMORTAL PARA PROTEGÊ-LO.

Aquiles temia pela vida de seu melhor amigo, mas terminou por concordar, insistindo que Pátroclo usasse seu carro de batalha.

AVANTE!

Com um mau pressentimento, Aquiles viu Pátroclo partir com suas tropas contra as forças troianas.

POR SORTE A GENTE FALA!
CORRAM! AQUILES ESTÁ ATRÁS DE VOCÊS!
CORRAM, É AQUILES.
ABRAM OS PORTÕES.

Vendo o carro de Aquiles e seu escudo brilhante, os troianos acharam que ele voltara à luta e entraram em pânico. Logo Pátroclo e seus homens os expulsaram das praias. Muitos bravos aliados dos troianos foram mortos, entre eles Sarpedon, filho de Zeus.

A VINGANÇA DE ZEUS

NÃO SE META
COM O TODO-
-PODEROSO.

Zeus, feroz em sua vingança, levou Pátroclo para onde o conflito era mais intenso.

BELO DISPARO,
APOLO. VOCÊ
NÃO GOSTA DE
TODA ESSA DOR
HUMANA?
OPA!
BELA TACADA!

Apolo derrubou o elmo de Pátroclo, que teve a visão encoberta pelos cabelos. Na confusão, Heitor, segundo filho de Príamo, o rei troiano, enfiou-lhe a espada na barriga, matando-o instantaneamente.

Ó DEUSES!
SOU UM
BELO
HOMEM!

Então, seguindo a tradição, Heitor tomou o escudo de Aquiles.

QUE TROIA VIVA
PARA SEMPRE.
CUIDADO, HEITOR!
VOCÊ VAI MORRER
POR ISSO!

Angustiado, Aquiles viu tudo de seu barco. Quando seu carro de guerra voltou com o corpo de seu melhor amigo, Aquiles jurou vingar sua morte.

NONON ME
MANDOU
DE VOLTA,
QUERIDO.
OBRIGADO. MAS EU QUERIA
MESMO PÁTROCLO, MEU
MELHOR AMIGO.

Contente por Aquiles estar disposto a voltar à luta, Agamenon lhe devolveu Briseida, carregada de presentes.

VINGANÇA!
ESPERE, MEU
FILHO. NÃO VÁ
À LUTA
DESPROTEGIDO.
HEFAÍSTO
VAI LHE
FAZER OUTRA
ARMADURA.

Mas Tétis convenceu o filho a esperar que Hefaísto, armeiro dos deuses, lhe fizesse um novo e bom escudo.

ESCAMANDRO, O DEUS DO RIO

TÉTIS, NENHUM ESCUDO DÁ GARANTIA DE VIDA, MAS FIZ O MELHOR QUE PUDE.
SOU UMA DEUSA. NÓS ESPERAMOS UMA GARANTIA.
É HORA DE VINGAR NOSSOS IRMÃOS.

Logo que recebeu o novo escudo de Hefaísto, Aquiles montou em seu carro, deu um grito terrível e conduziu os gregos à batalha. Os deuses do Olimpo ouviram seu grito. As deusas Hera e Atena deram novo ânimo aos gregos.

VOCÊ É HEITOR?

Aquiles procurava Heitor, o príncipe troiano que matara Pátroclo.

VOCÊ É HEITOR?
NÃO, EU SOU HEITOR. ESSE É MEU IRMÃO.

Heitor se escondeu até Aquiles matar seu irmão, Polídoro.

CAÇANDO PÁSSAROS, HEITOR?

Então Heitor atacou Aquiles, mas sua lança foi desviada por Atena.

MALDITOS NEVOEIROS!

Aquiles atirou a lança, mas Apolo protegeu Heitor com um nevoeiro.

SE NÃO POSSO MATÁ-LO, HEITOR, MATAREI SEUS PATRÍCIOS.

Impedido de vingar-se, Aquiles se lançou sobre os troianos até o rio ficar vermelho.

PARE!
NÃO!

Furioso, Escamandro, o deus do rio, mandou Aquiles parar com aquela matança.

SUBA MAIS!

Como Aquiles se recusou, Escamandro mandou o rio subir e afogá-lo.

VOLTE PARA O LEITO, QUE É O SEU LUGAR.

O rio foi subindo cada vez mais em volta de Aquiles, até seu escudo começar a pesar, puxando-o para baixo. Vendo-o naquele apuro, Hefaísto, o armeiro, veio em sua ajuda, lançando uma muralha de fogo para conter o rio.

A MORTE DE HEITOR

É UM EXÉRCITO DE UM HOMEM SÓ.
NÃO SE PREOCUPE, HEITOR. NÃO VAI DOER NADA: TENHO MUITA PRÁTICA!

Ainda encharcado da água do rio, Aquiles mais uma vez atacou os troianos em fuga. Nesse momento, Heitor surgiu do nevoeiro. Aquiles partiu para cima dele, mas Heitor ficou com medo e fugiu.

Eles deram a volta nas muralhas da cidade três vezes, e então os deuses tiraram o medo de Heitor, que se voltou para Aquiles.

A HONRA E A GLÓRIA SÃO NOSSAS, PÁTROCLO.
SÓ QUERIA TER SIDO PAI.

Mas Aquiles, vendo que Heitor estava com seu velho escudo e conhecendo seu ponto fraco, logo conseguiu matá-lo.

CHAMEM-ME APENAS DE HERÓI GREGO NÃO MUITO ANTIGO.

Após vingar seu querido amigo Pátroclo, Aquiles voltou ao acampamento satisfeito.

Depois da morte de Heitor, os gregos obrigaram os troianos a se refugiar atrás das muralhas da cidade.

TODO ESSE SANGUE SÓ POR MINHA CAUSA, HMMM, QUE ÓTIMO.

Certo dia, Páris espreitou Aquiles por trás da muralha e, ajudado por Apolo, flechou-o.

PUXA, PARECE QUE SOU VULNERÁVEL.
PARA MIM VOCÊ É PERFEITO!

Aquiles foi atingido no calcanhar que sua mãe segurou enquanto o mergulhava no rio Estige.

POBRE AQUILES, NASCEU PARA MORRER.
EU SABIA QUE NÃO DEVIA ME ENVOLVER NISSO.

Horrorizados, os gregos logo mataram Páris para vingar seu herói.

ESTIVE PENSANDO: HELENA NÃO VOLTOU, AQUILES MORREU. É HORA DE PENSAR EM ALGUMA COISA GRANDE.
TEMOS ALGUMA ALTERNATIVA?

Sem Aquiles, a guerra tinha de ser ganha pela esperteza. Então, Ulisses bolou um plano.

O CAVALO DE TROIA

MADEIRA!
COMO POSSO CONSTRUIR UM BOM CAVALO COM MADEIRA TROIANA?
ISTO VAI SER UM BELO PRESENTE PARA ALGUÉM.
QUE BELA VISÃO!
DEPOIS DESSA VOU GALGAR O OLIMPO.
POR QUE NÃO UM CÃO?
PONHAM COMIDA EM SUA BARRIGA.
O QUE OS CAVALOS DE MADEIRA COMEM?
ISSO FAZ ALGUM SENTIDO?
ISSO TRARÁ MINHA HELENA DE VOLTA?
NÃO GOSTO MAIS DESSA IDEIA.
NÃO CHORA, BABY.
DIRETO DAS VINHAS DE BACO.
SOU UM SOLDADO. NÃO GANHO PARA ISSO.
MAMA, TÔ INDO PRA CASA!
SOPRE NESSA BOLSA.

Orientados por Ulisses, os gregos construíram um enorme cavalo de madeira e o colocaram diante dos portões de Troia. Depois embarcaram em seus navios e afastaram-se da costa.

O INCÊNDIO DE TROIA

VENHAM, VENHAM. ANDEM DE GRAÇA NO CAVALO DE TROIA!
PAI, PODEMOS COMPRÁ-LO?
NÃO, É MEU.
É MEU PEQUENO PÔNEI.
BUU!
HONRA AOS HERÓIS DE TROIA
ESQUECE, SÓ GOSTO DE HOMENS FARDADOS.
UM TINTO E DOIS BRANCOS.
O VINHO É DO PALÁCIO.
TROIA PARA SEMPRE
VITÓRIA!
AGORA, PÁRIS NÃO PODE QUEIMAR TROIA.
HELENA, PÁRIS NÃO VALIA A PENA.
OLHA O RATO QUENTE!
ME SINTO NU SEM MEU ESCUDO.
LEGAL, SINON. NÓS TE AMAMOS.

Os troianos ficaram espantados e mandaram batedores verificar se os gregos tinham ido embora mesmo. Eles encontraram Sinon, um grego, que convenceu o rei Príamo de que o cavalo, como ele próprio, tinha sido deixado em oferenda a Atena, para que os protegesse na volta para casa. Como os gregos queriam, os troianos colocaram o cavalo numa praça da cidade e passaram o dia festejando sob aquele símbolo de sua vitória, enquanto Helena chorava as muitas mortes que sua infidelidade causara.

Mais tarde, enquanto Troia dormia, Sinon subiu na muralha com uma tocha. Agitou-a bem alto e viu o sinal dos navios gregos que retornavam. Então ele abriu a barriga do cavalo e dela saíram Ulisses e um bando de soldados que lá estavam escondidos. Antes que soasse o alarme, Ulisses tomou o palácio e matou o rei. Os soldados gregos desembarcaram e invadiram a cidade, saquearam-na e puseram fogo em tudo.

Só Helena foi poupada. Ulisses levou-a ao rei Menelau. Este a perdoou, porque a amava muito. Após dez longos anos, reconquistou a honra, e os gregos puderam voltar para casa.

OS CÍCONES

NÃO FAÇO PLANOS PARA SEREM ARRUINADOS POR RELES MORTAIS. PÁRIS ERA MEU PROTEGIDO. VOU VINGÁ-LO.

O retorno dos gregos foi cheio de perigos. Perseguidos por Afrodite, muitos soldados pereceram no mar.

SEGURE-A DIREITO AGORA, MANO.
QUE ALEGRIA.
EI, LEMBRA DE MIM? SOU SUA FILHA.

O rei Agamenon voltou em segurança com seus barcos, e também Menelau, que viveu feliz com a rainha Helena dali em diante.

Ulisses, ansioso para voltar para Penélope, não teve a mesma sorte. Partiu de Troia com doze navios, cada um com sessenta homens. Dias depois, o vento os levou para Ísmaro, cidade da Trácia, onde viviam os belicosos cícones.

Ulisses e seus homens saquearam a cidade, matando muita gente.

VIVA A PILHAGEM.

Eles celebraram a vitória com uma festa na praia.

Os cícones se reforçaram para atacar de madrugada, enquanto os gregos dormiam.

TODOS A BORDO.
ISTO NÃO É UMA FESTA À BEIRA DA PISCINA.

A batalha durou o dia inteiro. Só ao cair da noite Ulisses conseguiu partir com seus navios. Mas ele deixou seis guerreiros de cada navio mortos na praia. E assim começou a Odisseia, a história das aventuras de Ulisses em sua volta para casa.

OS LOTÓFAGOS

É SÓ UMA DOCE BRISA.
ULISSES, QUE ENJOO.
ULISSES, ESTAMOS RÁPIDO DEMAIS.
ULISSES, A ÁGUA ACABOU.
CALE A BOCA E VELEJE.

Durante nove dias, Zeus mandou fortes ventos para sacudir os navios de Ulisses no mar revolto.

EU DISSE SÓ DOIS! OS OUTROS PODEM VOLTAR.
QUEREMOS IR. CANSAMOS DE LIMPAR TOMBADILHOS, REMENDAR VELAS, ENCERAR CUNHOS...
FOMOS ESCOLHIDOS!

Então eles chegaram à terra dos lotófagos, e dois homens foram procurar comida.

TEM PRA TODO MUNDO.
RELAXA, CARA.
ENTÃO NÃO ESTRANHE.
AQUI DEVE SER O OLIMPO.
PRIMEIRO COMA AS CASCAS.
MAIS.

Chegando a uma clareira ensolarada, os dois gregos encontraram os lotófagos, que lhes deram uma deliciosa planta doce para comer. O sabor da flor de lótus os fez esquecerem seus lares e seus deveres: eles relaxaram e ficaram tomando sol.

EI, CARA, A GENTE FAZ PARA ENTREGA!
HÁ MUITO MAIS NA VIDA ALÉM DE FLORES DE LÓTUS.

Ulisses teve de procurar seus companheiros e levá-los à força de volta aos navios.

AONDE VOCÊS VÃO?
FLORES DE LÓTUS, AÍ VAMOS NÓS!

Mesmo assim eles nadariam para a costa, se Ulisses não os amarrasse ao navio.

O CICLOPE POLIFEMO

ENFIM, TERRA.
É ÍTACA?
CHEGAMOS A ÍTACA?
NOSSOS AMIGOS DEVEM ESTAR NA PRAIA.
HÁ UMA FESTA NA PRAIA?

E os negros navios de Ulisses continuaram navegando em busca de Ítaca. A certa altura, confundidos por um nevoeiro, chegaram à terra dos ciclopes — gigantes horrendos de um olho só.

ACHO QUE É UMA CILADA.
VOCÊ LAVOU ENTRE OS DEDOS DO PÉ? ODEIO SUJEIRA.
ELE NÃO É MAL-EDUCADO, MÃE?
QUANTAS VEZES JÁ DISSE PRA NÃO FALAR DE BOCA CHEIA?
EU NUNCA FAÇO ISSO, NÃO É, MÃE?

Levando doze soldados e boa provisão de vinho, Ulisses foi procurar comida. Numa gruta próxima acharam muitos queijos e os colocaram em sacos, mas depois viram que a saída fora bloqueada por Polifemo, o ciclope. Após levar seu enorme carneiro para dentro da gruta, Polifemo fechou a entrada com uma pedra e, com o olho brilhando, pegou um punhado de soldados apavorados e enfiou-os na boca gulosamente.

HUM, CAFÉ NA CAMA.
Na manhã seguinte, o voraz gigante comeu mais dois soldados gregos.
FECHE SEMPRE A PORTA DA DESPENSA.
Depois, levou o carneiro para pastar, mas antes fechou a gruta com uma pedra enorme.
QUER UM FRUTO DE LÓTUS?
PAREM DE CONVERSAR FIADO E AJUDEM!
Ulisses procurou uma arma; pegou a bengala do gigante e afiou uma das pontas.
VINHO, GRANDE SENHOR?
À noite, quando Polifemo voltou, Ulisses lhe ofereceu vinho.
MAIS!
O ciclope tomou o vinho, que dava para doze homens, de uma vez só.
NINGUÉM.
Polifemo quis saber o nome do benfeitor, e Ulisses respondeu: “Meu nome é ninguém”.
ELE JÁ ERA.
“Comerei Ninguém por último”, trovejou Polifemo, e caiu embriagado num sono profundo.
MIRE BEM NO ALVO!
Sem perder tempo, Ulisses pegou a bengala afiada e enfiou no olho do ciclope.
SOCORRO! AI! AJUDEM-ME! AI!
VAMOS AJUDAR?
Seus gritos foram tão terríveis que os vizinhos correram para a gruta.
QUEM O ATACA?
PIEDADE! SOCORRO!
Do outro lado da pedra, eles perguntaram quem o afligia.
NINGUÉM, SEUS IDIOTAS!
ENTÃO DEIXA PRA LÁ!
Mas quando o ciclope gritou que era Ninguém, seus amigos foram embora.
TUDO CERTO!
Polifemo cambaleou para fora da gruta a fim de agarrar os inimigos quando tentassem fugir.
Mas os homens se agarraram à barriga dos carneiros e escaparam do gigante cego.
OS QUE PARTEM SÃO NINGUÉM, OS SEUS AMIGOS?
Os gregos correram aos navios e partiram bem na hora em que o ciclope notou que haviam fugido.
PAI, ONDE VOCÊ ESTÁ? PRECISO DE VOCÊ!
Polifemo chamou seu tio Zeus e o pai, Posseidon, deus dos mares, para o vingarem.

O FIO DE PRATA

VAI FICAR UM POUCO APERTADO, MAS DÁ-SE UM JEITO.
NÃO DEIXE NINGUÉM TOCAR NISTO.
CLARO QUE NÃO, MEU VELHO.

Com grande alívio, a esquadra de Ulisses chegou à ilha flutuante de Eólia.

Lá vivia Éolo, um homem amável que hospedou os soldados durante um mês.

Antes da partida, Éolo deu a Ulisses um saco estampado, lacrado por um fio de prata.

PERDEU ALGUMA COISA?
LOUVADOS SEJAM OS DEUSES. É ÍTACA.
BELEZA! TÁ DORMINDO.
VAMOS PEGAR SÓ UM POUCO.
QUEM FOR A FAVOR DIGA "SIM".
SIM.

Ulisses o vigiava dia e noite.

Depois de nove dias navegando, a tripulação avistou Ítaca.

Ulisses, aliviado por estar perto de casa, caiu no sono.

Os homens decidiram pegar o tesouro que estava no saco.

Então, enquanto Ulisses dormia, eles desataram o fio de prata. Mas não havia tesouro dentro do saco — apenas os ventos uivantes que Éolo guardara para protegê-los durante a viagem. Uma violenta tempestade abateu-se sobre os navios, empurrando-os para longe de Ítaca.

ÉOLO, MEU VELHO, SEI QUE ESTÁ AÍ.
DESCULPE, MAS ESTOU DE FÉRIAS.
NÃO ESTOU
POR FAVOR, AJUDE! ESTAMOS ARRASADOS.
BEM FEITO: QUEM MANDOU DORMIR?.
VAMOS LIMPAR SUA ILHA.
NEGATIVO. NADA DE SEGUNDA CHANCE.
VAMOS LHE DAR PEIXES PARA UM ANO.
NÃO COMO ESSES HORRIPILANTES QUE NADAM.
EU O FAREI PRÍNCIPE DE ÍTACA.
ZEUS ME FEZ GUARDIÃO DOS VENTOS E ISSO ME BASTA. VÁ EMBORA!
O QUE ELE DISSE?
PARECE QUE ESTÁ DE FÉRIAS.

Logo toda a esquadra foi parar de novo na Eólia. Ulisses pediu a Éolo que guardasse os ventos novamente, mas ele não quis dar-lhes uma segunda chance, e os navegantes retomaram a viagem, muito desanimados.

O PORTO DE TELÉPILOS

NÃO ME CULPEM. VOCÊS ABRIRAM O SACO.
NÃO NOS CULPE. VOCÊ DEVIA TER INFORMADO O CONTEÚDO.
NÃO DEVIAM SER TÃO GANANCIOSOS!
VOCÊ DEVIA TER CONFIADO EM NÓS.
CONFIAR EM VOCÊS? NÃO ESTOU LOUCO!
ENTÃO POR QUE NÃO ESTÁ OLHANDO AONDE VAMOS?

A esquadra avançou desanimada por seis dias até chegar ao povoado de Telépilo.

UM POUCO À ESQUERDA.
AGORA À DIREITA.
ACHO QUE DAQUI PODEMOS IR ANDANDO.
VOCÊS NÃO SÃO OS CARAS QUE GOSTAM DE LÓTUS?
CLARO QUE NÃO!

Todos os navios passaram pela pouco espaçosa entrada do porto...

... menos o de Ulisses, que ancorou seu navio do lado de fora.

Ele enviou três homens à ilha para saber de seus habitantes.

SIGAM-ME. TENHO UMA SURPRESA PARA VOCÊS.
DEVE SER MAIS LÓTUS.
JANTAR!
VOCÊ POR ACASO NÃO VENDE LÓTUS?
PRIMEIRO UM GIGANTE DE UM OLHO SÓ, AGORA UM CANIBAL COM DOIS OLHOS!
VOCÊ SERVE PRO CAFÉ DA MANHÃ.
SOCORRO!

Eles encontraram uma jovem que os levou ao chefe local.

O chefe, que era canibal, agarrou um dos soldados.

Os outros dois fugiram e correram para o porto.

Mas o chefe mandou seus homens caçá-los.

ESSE É ÓTIMO!
QUE GOSTO TEM?
QUE GRANDE DIA!
É DIFERENTE DE PEIXE.
GREGOS COM FRITAS, QUE DELÍCIA!

Os canibais começaram a jogar pedras nos navios presos no porto. Não houve escapatória para a pequena frota: os navios se despedaçaram e os homens foram arpoados como peixes. Só Ulisses e sua tripulação escaparam da matança.

CIRCE, A FEITICEIRA

NEM UM CANIBAL COMERIA UM PÉ FEDIDO ASSIM!
NÃO, MAS TALVEZ SIRVA PARA MOLHO DE QUEIJO!
Como não havia vento, Ulisses e seus homens remaram até chegarem a Acaia.
QUE BELO BANDO DE VADIOS DE PRAIA.
Exaustos, eles ficaram dois dias e duas noites deitados na praia, descansando.
Então Ulisses foi caçar e matou um belo veado.
ACORDEM! ISSO TRARÁ SEU SANGUE DE VOLTA.
MAS PARA MIM NÃO FARÁ BEM.
A carne assada trouxe esperança para seus homens,
VOCÊ TEM PRÁTICA.
DESTA VEZ NÃO VOU, E PRONTO.
e um grupo partiu em busca de mais comida.
BEM-VINDOS.
A certa altura eles chegaram à casa de Circe, uma tremenda feiticeira. Em volta da casa havia lobos e leões muito estranhos.
QUERIDOS RAPAZES, ENTREM.
SERÁ QUE É SEGURO?
Ouvindo os homens se aproximar, Circe abriu a porta. Todos, menos o líder, Euríloco, entraram.
ODEIO CARNE HUMANA, MAS ADORO CARNE DE PORCO.
OBA! PEGUEI UM PÉ DE PORCO!
OINC.
PAPAI?
Circe serviu aos convidados vinho misturado com uma droga forte. Quando eles ficaram moles, ela os tocou com sua varinha e os transformou em porcos.
PARA A DESPENSA, TESOUROS.
OLHE, DAPHNE. QUE É AQUILO?
FINALMENTE. UM BRILHO DE ESPERANÇA NO CHIQUEIRO!.
PAPAI?
Então Circe enfiou os infelizes soldados num chiqueiro, onde eles ficaram chafurdando na lama, engordando com bolotas de carvalho, para um dia aparecerem em sua mesa.
NUNCA MAIS COMO CARNE DE PORCO.
ÂNIMO. VOCÊ PODE COMER BACON!
Euríloco voltou com más notícias para Ulisses.

SE DER MAIS UM PASSO, MORRE.
LARGUE A ESPADA, ULISSES, SOU UM DEUS BOM.

Ulisses pegou sua espada e correu para a casa de Circe. Quando estava perto, o Deus Hermes surgiu à sua frente. Hermes deu a Ulisses uma erva mágica que era um antídoto para a poderosa droga de Circe.

VOCÊ ESTÁ UM POUCO INDISPOSTO?
NEM UM POUCO. MAIS, POR FAVOR.
PAPAI!

Então, quando Circe deu a droga a Ulisses, ela não teve nenhum efeito sobre ele.

NÃO SE META COMIGO, BELEZA!

Circe tentou tocar nele com sua varinha, mas Ulisses atacou-a com sua espada.

DEIXE-ME SER SUA ETERNA ESCRAVA.
PAPAI!
NÃO SERÁ PRECISO.

Circe, que não estava acostumada a perder, jogou-se no chão jurando nunca lhe fazer mal.

ESTÁ VENDO COMO SOU BOAZINHA?
VOCÊ AINDA GOSTA DE MIM, AGORA QUE NÃO SOU MAIS PORCO?

Para provar sua sinceridade, Circe foi ao chiqueiro e transformou os companheiros de Ulisses em seres humanos novamente...

ESTOU COMEÇANDO A ME SENTIR COMO ANTES...
PIU!

e fez o mesmo com os lobos e leões que viviam à sua volta, porque também eram homens encantados por sua mágica.

AGORA, MEUS AMIGOS, FIQUEM PARA VER COMO TRANSFORMO COELHOS EM POÇÕES.
FOI TUDO MUITO BOM, CIRCE, MAS LAR É LAR.
ALÉM DO MAIS, JÁ PROVAMOS SUAS POÇÕES ANTES.
SENTIREI FALTA DO MEU PORQUINHO.
MAMÃE!
NADA COMO A CASA DA GENTE, A NÃO SER O LÓTUS.
SEU PORCO.

Ela se mostrou tão gentil que convenceu Ulisses e seus homens a ficarem ali por um ano, até eles começarem a sentir saudade dos amigos e familiares que estavam em Ítaca. Mesmo sabendo que sentiria falta deles, Circe concordou em ajudá-los a voltar para casa.

O CANTO DAS SEREIAS

VOCÊ DISSE QUE ÍAMOS PARA CASA.
NÓS VAMOS, MAS DEPOIS DESSA ESCALA.
ODEIO NEVOEIRO. FICA TUDO MUITO ESCURO.

Circe insistiu para que Ulisses passasse no Hades, a terra dos mortos, antes de embarcar para Ítaca. Ulisses ficou com medo, porque o Hades era um lugar perigoso para os vivos e difícil de achar, mas Circe prometeu proteção e mandou o vento norte guiar sua viagem.

OH, MÃE.
NÃO ME TOQUE. SOU SÓ VAPOR.
QUANTO TEMPO FICARÁ AQUI?

No Hades, Ulisses viu as almas de seus amigos, mortos em Troia, e também a de sua mãe, que morrera ansiando por sua volta.

BOM GAROTO.
VOCÊ QUER OUVIR MEUS CONSELHOS OU NÃO?

Ulisses também encontrou Tirésias, um adivinho cego que o orientou sobre as dificuldades futuras, inclusive o feitiço do canto das sereias.

SENTIREMOS FALTA DE SUAS MÁGICAS.
LEMBRE-SE DO AVISO.

Quando Ulisses voltou para Circe, ela encheu seu navio de comida e disse-lhe que partisse, lembrando-o da advertência de Tirésias sobre as terríveis sereias — criaturas que atraíam os marinheiros para a morte nos rochedos, enfeitiçando-os com seu canto.

ACHO QUE AS ABELHAS QUEREM A CERA DE VOLTA.
SEREIAS!

Ciente do perigo que o ameaçava, Ulisses tapou os ouvidos de seus homens com cera de abelha. Quando eles se aproximaram da ilha das sereias, três homens amarraram Ulisses ao mastro, para evitar que se encantasse pelo canto das sereias e levasse o navio em direção à morte certa.

VAMOS
DESVIAR!

Embora dissessem que apenas três sereias viviam no rochedo, de repente Ulisses viu o céu repleto de estranhas criaturas com seu canto sedutor. A tripulação, de ouvidos tapados, teve de impedir Ulisses de romper as cordas e virar o navio em direção à ilha mortal.

CILA, O MONSTRO

Mal se livraram do perigo das sereias, os navegantes aproximaram-se de outro: a passagem entre dois grandes rochedos, não mais distantes que a largura de um barco. Em um deles morava Cila, um monstro pavoroso de seis cabeças. Sob o outro morava Caribde, que, engolindo a água do mar e cuspindo-a fora, afundava qualquer navio que passasse por perto. Ulisses mandou que seus homens remassem a toda velocidade, mantendo-se próximos do rochedo de Cila.

IRMÃS, QUE COMIDA DELICIOSA. PENA QUE ESSES DIABINHOS SE MEXAM TANTO. MAS É MELHOR QUE QUALQUER PEIXE!

Ulisses tentou rechaçar Cila, mas ele era rápido demais. Enquanto Ulisses subia na proa, cada uma das seis cabeças de Cila devorou um homem. O resto da tripulação, embora lamentando a sorte dos companheiros, remou com mais energia.

O GADO DE HIPÉRION

REMEM, JÁ!
QUE TAL UM PEQUENO MOTIM?

Não muito longe dos rochedos ficava a ilha do Deus Sol, Hipérion. Ulisses ordenou que seus homens remassem, pois sabia que ali o perigo os espreitava.

TIRÉSIAS AVISOU.
ESQUEÇA ELE. ESTAMOS CANSADOS.
NÃO VAMOS COMER OS BOIS, TÁ?

Mas os homens estavam cansados e juraram não tocar nos bois sagrados que ali pastavam, então Ulisses permitiu que eles descessem à ilha.

ZEUS ESTÁ DO NOSSO LADO!
UHU, VOCÊ NÃO ME PEGA!

Durante a noite, Zeus mandou uma terrível tempestade. Durante um mês o mar ficou revolto e o navio não pôde continuar a viagem. A comida de Circe estava no fim e era impossível pescar no mar tempestuoso. Os homens morriam de fome.

COM TANTOS DEUSES NO OLIMPO, AO MENOS UM DEVE ESTAR DO MEU LADO. EU SUPLICO!

Ulisses afastou-se dos outros para rogar aos deuses que os salvassem.

HIPÉRION TERIA PRAZER EM DAR UMA VACA A UM HOMEM FAMINTO.
TEM RAZÃO.

Euríloco sugeriu aos amigos que comessem o gado sagrado de Hipérion.

VOCÊ PAGARÁ POR ISSO.
CARAMBA! O VENTO SOPRA EM DIREÇÃO A ULISSES.

Estavam tão famintos que concordaram, e logo Ulisses sentiu o cheiro de carne.

ZEUS, EU SEI QUE SOIS MUITO BONDOSO.
NINGUÉM COME MEU GADO IMPUNEMENTE, NÃO É, ZEUS?

Ulisses pediu a Zeus que perdoasse seus homens. Mas Hipérion clamou ainda mais alto por vingança. Zeus, já furioso com os gregos, só ouviu Hipérion.

CALIPSO SE APAIXONA

A tempestade diminuiu e eles retomaram a viagem, mas Zeus lançou um tufão que quebrou o mastro do navio e jogou homens ao mar.

Então, em sua fúria, Zeus mandou um raio que encheu o navio de enxofre e matou o restante da tripulação.

ESTOU VIVO!
ACHO QUE ESTOU VIVO.
VOU SOBREVIVER.
ACHO QUE VOU.
SEI QUE VOU.
AINDA ESTOU AQUI.
VOU MORRER!
ADEUS.
OLÁ!
ADEUS DE NOVO.

Só Ulisses, que não comera o gado sagrado de Hipérion, se salvou. Durante nove dias ele vagou no mar, ao sabor das ondas. No décimo dia foi jogado na ilha de Ogígia, terra da solitária deusa Calipso. Atordoado, Ulisses jazia na areia, sem forças para se mover.

FINALMENTE, COMPANHIA.

Andando pela praia, Calipso encontrou Ulisses esgotado e quase morto de fome.

ELE NÃO É UM AMOR?

Ela levou-o para sua caverna e tratou-o com poções mágicas.

OH! EU ATÉ O COMERIA.

Ao cuidar de Ulisses, Calipso sentiu grande amor por ele.

VOCÊ É BELA.
MAS NÃO TANTO QUANTO PENÉLOPE?
ELA É ESPECIALMENTE BELA.
POSSO FAZÊ-LO IMORTAL.
A IMORTALIDADE NÃO TRAZ FELICIDADE.
E PENÉLOPE TRAZ FELICIDADE?
PARA MIM, SIM.
ISSO É MUITO RUIM.

Ulisses gostou muito de Calipso, pois ela era encantadora e gentil. Mas sentia saudade de Ítaca, de sua esposa Penélope e do filho Telêmaco, que agora já era um homem. Não obstante, Calipso manteve Ulisses junto a si por sete anos, impedindo-o de construir um barco.

INO SALVA ULISSES

ELE NÃO PRESTA.
MAS ESTÁ APAIXONADO, QUERIDO PAI.
Por fim, Atena teve pena de Ulisses e pediu por ele a Zeus.
VÁ! VÁ! VÁ!
OK, OK, OK.
Zeus então enviou Hermes a Calipso com a ordem de ajudar Ulisses a partir para Ítaca.
VÁ! VÁ! VÁ! VÁ!
OK, OK, OK.
Calipso ficou perturbada com a ordem do Rei dos Deuses, mas não ousou desobedecê-lo.
VOCÊ É UMA BONECA, CALIPSO. BEIJE-ME.
EU O ODEIO, MORTAL!
SÓ QUE NÃO ODEIO.
Mesmo relutante, Calipso deu um machado a Ulisses para ele construir uma jangada.
TOMARA QUE AFUNDE!
ME DÁ UM BEIJO?
Então, apesar das lágrimas imortais de Calipso, Ulisses voltou ao mar.
AH! OLHA O SUJEITO QUE CEGOU MEU FILHO!
Dias depois, Ulisses avistou terra, e no mesmo instante Posseidon (pai do ciclope Polifemo) o viu.
Posseidon fez uma onda que ergueu a jangada e jogou Ulisses ao mar.
POBRE SER HUMANO.
As roupas fizeram Ulisses afundar. Ele teria se afogado se Ino, uma ninfa do mar, não o visse.
TUDO BEM, EU NÃO OLHO!
Ino mandou-o se despir e nadar para a costa da Esquéria, com a ajuda do manto mágico que lhe deu.
E AGORA?
Ulisses chegou à costa dois dias depois, mas encontrou rochedos íngremes demais para escalar.
ESSA TAL ODISSEIA JÁ PERDEU A GRAÇA.
Vendo sua dificuldade, Ino produziu uma onda para erguê-lo até a margem de um rio.
OBRIGADO, INO.
Agradecido, Ulisses jogou o manto de volta para sua salvadora, nas profundezas do oceano.

A PRINCESA NAUSICA

Ulisses passou a noite numa moita, nu e tremendo de frio.

VAMOS, MENINAS, TERMINEM A LIDA PARA A GENTE BRINCAR.

Na manhã seguinte, a princesa Nausica foi ao rio com suas criadas para lavar roupa.

A NUDEZ NÃO ME SURPREENDE. SOU UMA PRINCESA.

Ulisses se deixou ver, mas seu corpo cheio de sal assustou todo mundo, menos Nausica.

ISTO É MAIS DIVERTIDO QUE LAVAR ROUPAS.

A princesa teve pena de Ulisses e mandou suas criadas para banhá-lo e vesti-lo.

PAI, ULISSES ESTÁ COM DIFICULDADE DE CHEGAR EM CASA.
MEU RAPAZ, ÍTACA ESTÁ À DISTÂNCIA DE UMA ONDA.

Depois ela o levou ao palácio, onde ele obteve a promessa de chegar com segurança em casa.

NÃO QUERO QUE VOCÊ VOLTE PARA PENÉLOPE DE MÃOS VAZIAS.

Fez-se uma festa em honra a Ulisses, com jogos e presentes de todos os convidados.

NÓS
VAMOS
PARA
O
MAR
MAR
MAR

Na manhã seguinte, Ulisses e seus presentes foram colocados no navio. Os bravos cidadãos de Esquéria, excelentes marinheiros, o conduziram a Ítaca. Durante todo aquele dia, a noite e a manhã seguinte, Ulisses dormiu, cansado de tantas aventuras.

ELE VAI FICAR CONTENTE QUANDO ACORDAR.

Quando chegaram a Ítaca, os companheiros de Ulisses envolveram-no em lençóis e deixaram-no na praia, rodeado pelos presentes.

ISSO LHES ENSINARÁ A NÃO PRESENTEAR ESTRANGEIROS.

Mas Posseidon viu seu inimigo chegar a Ítaca. Furioso, transformou o navio e todos a bordo em um grande rochedo negro.

ATENA AJUDA ULISSES

FORA DE NOSSA CASA!
ISSO MESMO: FORA DAQUI!
GRR!
ADORO ELA BRAVINHA!
PENA TER ESSE FILHO!
VAMOS, PEN, DECIDA-SE!
GAROTA, ESCOLHA-ME.

Ulisses havia finalmente chegado em Ítaca, mas seus problemas não acabaram. Enquanto estava fora, os pretendentes de Penélope usavam sua casa e sua comida como se fossem deles. Penélope e seu filho, Telêmaco, não conseguiam se livrar desses importunos.

O VELHO PAI DE ULISSES PRECISA DE UM MANTO.

Penélope, certa de que Ulisses voltaria, disse aos seus pretendentes que teceria um manto para o pai de Ulisses, antes de se decidir por um deles.

Durante o dia ela tecia e à noite desfazia o trabalho; assim, não terminava o manto, e os pretendentes tinham de esperar.

ACORDE, VAMOS.

Então Atena veio acordar Ulisses e avisá-lo de que haviam invadido sua casa e desejavam vê-lo morto.

DIGAM OLÁ A ESSE BOM MENDIGO, MENINOS.
VEJA COM ELE SE VOCÊ PODE FICAR.

Depois de ajudar Ulisses a esconder seu tesouro, Atena levou-o, disfarçado de mendigo, à casa de Eumeu, um guardador de porcos muito leal.

PODE COÇAR AS COSTAS SE QUISER.
AGRADEÇO, MAS ESTOU COM O BRAÇO FERIDO.

Eumeu tratou Ulisses muito bem até a volta de Telêmaco, que andava à procura do pai.

MEU PAI!
MEU FILHO!
ABRACADABRA, PIU-PIU!

Atena fez Ulisses voltar à forma antiga, e pai e filho alegraram-se com o reencontro.

PSIU! NÃO CONTEM A NINGUÉM!

Com a ajuda de Atena, eles bolaram um plano para livrar sua casa dos odiosos hóspedes.

A VOLTA AO LAR

O MENDIGO SOU EU!
ESSE ÉPICO AINDA PODIA ACABAR BEM!
FOI SORTE!
NADA MAU PARA UM MENDIGO, PAI.
JÁ IMAGINOU? EU, SEU MARIDO?
TRAPAÇA!
TRUQUE!
MARMELADA!

Telêmaco foi para casa e convidou os gananciosos pretendentes a participar de um banquete, durante o qual Ulisses, mais uma vez vestido de mendigo, veio pedir comida. Quando todos tinham se fartado, Penélope, que não reconhecera o marido, orientada por Atena, trouxe o arco de Ulisses. Ela disse que se casaria com o pretendente que conseguisse retesar o arco e atravessar o cabo de doze machados, como Ulisses já fizera uma vez. O mendigo pediu para tentar e, entre risos zombeteiros, pegou o arco. Retesou-o com facilidade e disparou a flecha, trespassando doze machados.

CORRAM! O REI VOLTOU.
VOCÊ NÃO ME É ESTRANHO.
TRÊS OINCS PARA O REI ULISSES.
QUEM É ULISSES?
QUE IMPORTA? É ENGRAÇADO!
EU NÃO ESTOU AQUI!
AJUDE-ME A DESCER.
ÍTACA NÃO É UMA REPÚBLICA?
POIS NÃO.
VEJA QUEM É, MÃE!
SUA VOLTA... JÁ NÃO ERA SEM TEMPO.
DE QUE LADO EU ESTOU?

Enquanto os convivas ficavam estupefatos, Ulisses pegou outra flecha e matou um pretendente. Imediatamente os outros fugiram em todas as direções. Atena tirou o disfarce de Ulisses e os que se mantiveram leais ao rei correram em sua ajuda, como fizeram Eumeu e Telêmaco. Eles expulsaram os pretendentes do palácio, e Ulisses reassumiu o controle do reino e seu lugar ao lado de sua amada Penélope.

ZEUS DETERMINOU: ACABARAM-SE AS BRIGAS!
E SÓ OS DEUSES FICARÃO EM PEDESTAIS!

Então Zeus, cansado de todas aquelas guerras que perseguiram Ulisses por vinte anos, lançou um dardo flamejante, e Atena declarou que já era tempo de Ítaca viver em paz. Enquanto as histórias da Guerra de Troia e da aventurosa viagem de Ulisses de volta para casa corriam o mundo, o rei Ulisses e sua leal rainha Penélope governavam Ítaca com sabedoria e alegria.

OUTROS TÍTULOS DA COLEÇÃO
PARA VOCÊ LER E SE DIVERTIR

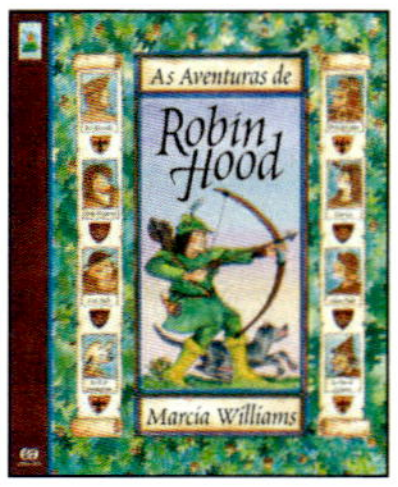
As Aventuras de
Robin Hood
Marcia Williams

AS AVENTURAS DE ROBIN HOOD

O famoso arqueiro combate as injustiças do inescrupuloso Príncipe João junto com seu alegre bando, roubando dos ricos para dar aos pobres.

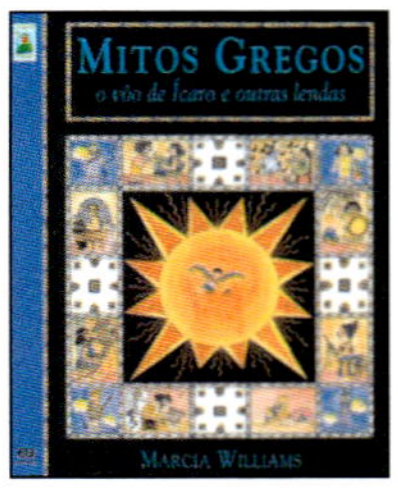
Mitos Gregos

MITOS GREGOS – O VOO DE ÍCARO E OUTRAS LENDAS

Oito histórias clássicas recontadas com humor e sensibilidade. Uma oportunidade imperdível de conhecer toda a riqueza da mitologia grega.

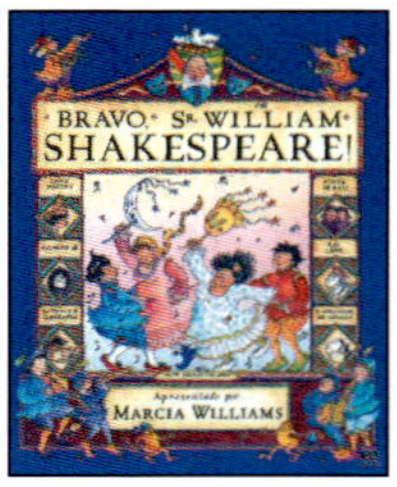
Bravo · Sr. William
Shakespeare!
Marcia Williams

BRAVO, SR. WILLIAM SHAKESPEARE!

Com as peças: *Antônio e Cleópatra*, *Como gostais*, *Muito barulho por nada*, *Noite de Reis*, *O mercador de Veneza*, *Rei Lear* e *Ricardo III*.

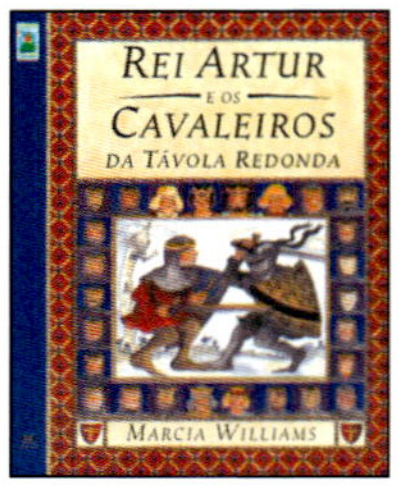
Rei Artur
e os
Cavaleiros
da Távola Redonda
Marcia Williams

REI ARTUR E OS CAVALEIROS DA TÁVOLA REDONDA

Mago Merlim, fada Morgana, rei Artur, Sir Lancelot e outros bravos Cavaleiros da Távola Redonda em onze emocionantes narrativas.

Deus
e suas
Criações

DEUS E SUAS CRIAÇÕES

Conheça as incríveis histórias do Velho Testamento: as aventuras de Adão e Eva no Paraíso, a história de Noé e sua arca, o confronto entre Davi e Golias, e muito mais.

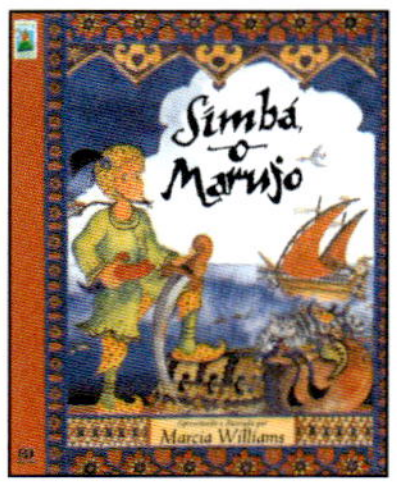
Simbá
o
Marujo
Marcia Williams

SIMBÁ, O MARUJO

Enfrentando monstros assustadores e inúmeros perigos nas suas sete viagens pelos mares, o destemido marujo Simbá tenta sobreviver para levar suas riquezas de volta para casa.

Miguel de Cervantes
Dom Quixote
Marcia Williams

DOM QUIXOTE

O tom satírico do clássico *Dom Quixote*, de Miguel de Cervantes, dá o clima dessa hilária adaptação em quadrinhos. Não perca a chance de morrer de rir com Quixote e Sancho, a dupla mais atrapalhada do mundo dos livros!

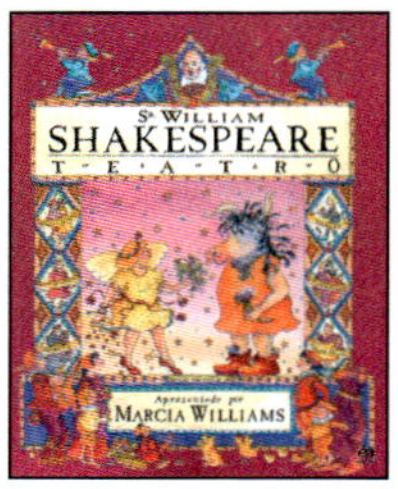
Sr. William
Shakespeare
Teatro
Marcia Williams

SR. WILLIAM SHAKESPEARE – TEATRO

Com as peças: *A tempestade*, *Conto de inverno*, *Hamlet*, *Júlio César*, *Macbeth*, *Romeu e Julieta* e *Sonho de uma noite de verão*.

Egito
Antigo
Contos de
deuses
e faraós

EGITO ANTIGO – CONTOS DE DEUSES E FARAÓS

Mistério e aventura, histórias dos faraós e deuses egípcios que fascinam a humanidade há milhares de anos.

CLÁSSICOS EM QUADRINHOS

Obras clássicas da literatura universal adaptadas para os quadrinhos com muito bom humor.